인공지능 세계문학

걸리버 정착기

일러두기

1. 이 책의 모든 글은 대화형 인공지능 모델 스위프톤을 활용하여 생성하였다.
2. 이 책의 모든 삽화는 영상 생성 인공지능 모델 칼론을 활용하여 생성하였다.
3. 이 책의 내용은 조너선 스위프트의 『걸리버 여행기』와 이어진다.
4. 표지 삽화는 프리다 칼로의 『상처입은 사슴』을 원작으로 칼론을 활용해 수정 및 재해석하였다.

걸리버 여행기에서 이어지는 이야기

걸리버
정착기

지은이 **미히**

"세계 최초의 AI 패스티시* 소설"

*원작의 조각을 짜맞추어 새로운 작품을 만드는 양식

♘ 가나북스

작가 미히는 컴퓨터공학과를 졸업하였습니다.

『지킬 박사와 하이드』를 읽으면서, 악한 자아가 아닌 선한 자아가 등장하는 속편을 꿈꾸는 문학을 좋아하는 아이였으나, 고등학교 시절 접한 컴퓨터가 21세기의 철학이라고 생각하여 결국 컴퓨터공학과를 전공하였습니다. 시간이 지나, AI 시대가 도래하였고, 오랜 시절의 꿈을 되살려, AI 기술을 이용하여 패스티시 기법으로 인간 걸작의 속편을 생성하는 작업을 시작했습니다. 이후, 개인적인 철학이 담긴 오리지널 소설도 여럿 집필하여 100편이 모이면 『미히버스』라는 단편집으로 펴낼 계획을 가지고 있습니다.

필명 미히는 "나에게 너가 항상 존재한다."는 뜻의 라틴어 표현인 MIHI PLACES SEMPER 에서 따왔습니다.

참고로, "나에게 너가 항상 존재한다."는 나는 너를 사랑한다는 의미로 함께 쓰입니다.

항상 독자 여러분을 사랑하는 마음으로 글을 써내려가고자 합니다.

나의 진정한 정착지인

그대에게

감사의 글

가나북스 대표 배수현님, 디자인을 맡아주신 김미혜님
에게 깊은 감사의 뜻을 표한다.
어린 시절 내게 걸리버 여행기를 읽어주신 아버지와 어머
니께 진심 어린 감사를 드린다. 그분들의 사랑이 없었다
면 이 책을 세상에 내놓을 수 없었을 것이다.

미히

조나단 스위프트의 원작 소설, 『걸리버 여행기』는 풍자와 상상력이 결합된 걸작입니다. 스위프트는 이 작품을 통해 당시 사회와 인간 본성에 대한 날카로운 비판을 펼쳤으며, 오늘날까지도 많은 이들에게 깊은 영감을 주고 있습니다.

이러한 원작에 대한 깊은 경의를 표하며, 저는 걸리버의 새로운 모험을 통해 이 놀라운 여행을 이어가고자 합니다.

『걸리버 정착기』를 창작하게 된 이유는 원작에서 미처 다루지 못한 걸리버의 새로운 이야기를 통해 현대 독자들에게 새로운 시각과 흥미로운 경험을 선사하고자 하는 열망 때문입니다.

걸리버가 새롭게 방문하게 되는 신비의 섬 나마네는

특별한 법을 가진 곳입니다. 이 섬에서는 모든 사람의 얼굴이 관찰자의 얼굴로 보이도록 하는 독특한 법이 제정되어 있습니다. 즉, 나마네의 모든 사람들은 서로를 자신과 같은 얼굴로 보게 되는 것이죠. 이 독특한 설정은 독자 여러분들께 새로운 인식과 생각을 불러일으킬 것입니다.

저는 나마네에서의 걸리버의 모험이 이전 작품만큼이나 특별하고 독창적일 것이라 확신합니다. 독자 여러분들께서도 이 새로운 여정을 기대해주시기를 바랍니다. 걸리버의 새로운 이야기가 여러분에게 새로운 영감과 즐거움을 선사하길 바랍니다.

2025년 1월 19일 작가 **미히**

| 목차 |

걸리버 정착기

걸리버의 일기

나는 여러 해에 걸친 긴 항해 끝에 마침내 이 글을 쓰게 되었다. 나의 이름은 레뮤얼 걸리버. 한때는 평범한 선원이자 의사였던 내가 이제는 네 번의 기묘한 여행과 수많은 모험으로 이름이 알려진 자가 되었다. 이 기록은 그 여행들에 대한 짧은 회상이며, 동시에 내가 집으로 돌아온 뒤 느끼는 혼란과 고뇌를 이해하는 열쇠가 될 것이다.

첫 번째 여행에서 나는 리리퍼트, 즉 손가락만 한 크기의 인간들이 사는 나라에 도착했다. 그들은 나를 거인이라 여겼고, 나는 그들의 신뢰를 얻는 데 성공했다. 하지만 정치와 음모가 난무하는 그들의 세계에서 나는 나도 모르게 거대한 도구로 이용당했다. 결국, 그들의 의심과 두려움을 이기지 못하고 나는 그곳을 떠나야 했다.

두 번째로 나는 브로브딩낵에 발을 디뎠다. 그곳은 거인들이 사는 나라였다. 이번에는 내가 그들의 손바닥 위에 놓인 작은 존재였다. 그들은 나를 신기하게 여기며 친절을 베풀었지만, 나는 한낱 장난감 같은 존재에 불과했다. 나의 지식과 경험은 그들에게 아무런 가치를 지니지 않았고, 그곳에서의 나날은 스스로의 무력함을 깨닫게 하는 시간이었다.

세 번째 여정은 라퓨타, 즉 공중에 떠 있는 섬으로 나를 이끌었다. 그곳의 사람들은 학문과 철학에 몰두했지만, 현실의 삶에는 무관심했다. 그들의 지식과 발명은 놀라웠지만, 그것들은 모두 실용성 없는 공허한 열망에 불과했다. 나는 그들과 나의 차이를 깨닫고 더 이상 그곳에 머물 이유가 없었다.

마지막으로 나는 휴이넘의 나라에 이르렀다. 이곳은 말들이 지혜로운 지배자였고, 인간과 비슷한 야후라 불리는 종족이 미개하고 타락한 존재로 여겨졌다. 휴이넘의 이성적이고 도덕적인 삶은 내게 깊은 감명을 주었다.

그러나 나는 인간으로서 그들과 완전히 동화될 수 없었고, 결국 떠나야만 했다.

이 모든 여정을 통해 나는 인간 본성, 권력, 지식, 그리고 도덕성에 대해 새롭게 깨닫게 되었다. 그러나 그러한 깨달음은 나를 더 현명하게 만들기보다 고독하게 만들었다. 내가 돌아온 고향은 더 이상 내가 떠난 그곳이 아니었고, 나 자신조차도 더 이상 예전의 내가 아니었다.

제 1 화

낯선 귀환

걸리버는 마침내 길고도 기묘했던 여행을 마치고 집으로 돌아왔다. 수많은 모험을 겪고 돌아온 그는 이전과는 달라진 세상을 느꼈다. 이방인이 되어버린 고향은 그에게 낯설고 어색하기만 했다.

가족들은 그를 환영하며 정성껏 보살펴 주었지만, 걸리버는 그들의 관심이 불편했다. 그는 더 이상 그들의 일상에 자연스럽게 섞일 수 없었다. 리리퍼트와 브로브딩낵, 라퓨타, 그리고 휴이넘의 나라에서 보낸 시간이 그의 사고방식과 관점을 완전히 바꾸어 놓았기 때문이었다.

아내 메리는 걸리버가 돌아온 첫날부터 그가 평소와는

다른 사람임을 느꼈다. 그는 예전처럼 따뜻하고 친근한 남편이 아니었다. 집에서의 생활도 그에게는 불편하고 어색했다. 그는 여전히 여행지에서 방랑하는 사람 같았다.

"당신, 이젠 좀 사회에 나가 사람들과 어울려봐요. 친구들도 만나고, 옛 동료들과 다시 교류해보는 건 어때요?" 메리는 부드러운 목소리로 권유했다. 걸리버가 이전의 일상으로 돌아오길 바라는 마음에서였다.

그러나 걸리버는 고개를 저으며 "내비둬"라고 단호하게 답했다. 그는 다시 사람들 사이에 섞여들 용기가 없었다. 인간의 허영과 어리석음, 그리고 잔인함을 뼛속 깊이 체험한 그는 그들과 다시 어울릴 생각만으로도 숨이 막혔다.

아들 토마스와 딸 베티도 아버지의 변화된 모습에 적잖이 당황스러웠다. 아버지가 여행에서 돌아오기 전에는 항상 가족들과 함께 시간을 보내며 웃고 떠들던 아버지였지만, 이제는 집안 구석에서 혼자 시간을 보내는 일이 많아졌다.

어느 날, 걸리버는 정원의 한구석에 앉아 자신이 가져

온 여행 일지를 뒤적거렸다. 그곳에는 자신이 겪은 모든 일들이 상세하게 기록되어 있었다. 그는 그 일지를 보며 한숨을 내쉬었다. 현실 세계는 너무나 삭막하고 무의미하게 느껴졌다.

가족들은 그의 이러한 모습을 안타깝게 바라볼 수밖에 없었다. 그들은 걸리버가 다시 자신을 찾아주길 간절히 바랐다. 그러나 걸리버는 자신이 경험한 그 모든 것들이 결코 지워지지 않을 것임을 알고 있었다. 그는 이제 단순한 여행자가 아니었다. 그는 여러 세상을 경험한 자, 여러 진리를 깨달은 자였다.

시간이 흘러도 걸리버의 마음은 여전히 고향과 여행지 사이에서 방황했다. 그는 진정한 소속감을 찾기 위해, 그리고 자신을 이해해줄 무언가를 찾기 위해 끊임없이 고뇌했다. 그가 다시 사람들 사이로 돌아갈 수 있을지, 아니면 영원히 혼자만의 세계에 갇혀 지낼 것인지, 그것은 아직 아무도 알 수 없었다.

가족들의 사랑과 걱정 속에서 걸리버는 스스로의 길을 찾아야 했다. 그러나 그 길은 너무도 험난하고 외로웠

다. 세상의 눈으로는 결코 이해될 수 없는, 그만의 진실
을 찾기 위한 여정이 계속되고 있었다.

제 2 화

새로운 항해

걸리버는 자신을 둘러싼 현실에서 벗어나기 위해 다시 한번 여행을 떠날 결심을 했다. 이전의 모험에서 얻은 깨달음은 그를 한층 성숙하게 만들었지만, 그로 인해 일상 생활에 적응하기가 더욱 어려워졌다. 그의 내면 깊숙한 곳에서 또 다른 탐험을 갈망하는 목소리가 들려왔다.

그는 자신의 방의 벽에 걸려있는 오래된 항해 지도를 유심히 들여다보았다. 익숙한 대륙과 섬들이 그의 시야를 스쳤지만, 그가 찾고 있는 곳은 지도에 없는 미지의 땅이었다. 그는 지도에서 시선을 거두었다. 그는 어디선가 들었던 세상의 부를 가진 사람들이 순례를 떠난다는 고요한 섬 이야기를 떠올렸다. 그는 자신이 아직 경험하지 못한 이 세계로 떠나기로 결심했다. 그곳에서 그는 다시 한번 자신을 발견하고, 현재의 혼란스러운 마음을 정리할 수 있을 것이라고 믿었다.

"당신, 또 떠나려는 거예요?" 메리는 걸리버의 결심을 눈치채고 조심스럽게 물었다. 그녀의 눈에는 걱정과 슬픔이 서려 있었다.

걸리버는 고개를 끄덕이며 아내를 바라보았다. "그래, 메리. 나는 아직 내 자리를 찾지 못했어. 이번 여행이 끝나면, 그때는 진정으로 돌아올 수 있을 거야."

메리는 더 이상 말리지 않았다. 그녀는 걸리버의 마음을 이해할 수 없었지만, 그가 자신의 길을 찾아야 한다는 것을 알았다. 대신 그녀는 그가 무사히 돌아오기를 간절히 기도했다.

걸리버는 곧바로 준비에 착수했다. 그는 가까운 항구로 향해 자신이 타고 갈 배를 구했다. 여러 날의 수소문 끝에 그는 견고하고 신뢰할 만한 작은 범선을 찾았다. 배의 이름은 "모험가"였다. 그 이름은 그의 마음을 설레게 했다. 그는 필요한 식량과 물자를 싣고, 항해에 필요한 도구들을 철저히 점검했다.

출발 당일, 가족들은 항구에 나와 걸리버를 배웅했다. 아이들은 아버지가 다시 떠나는 것을 슬퍼했지만, 그가 돌아올 것이라는 희망을 품고 있었다. 메리는 걸리버를 꼭 안아주며 마지막으로 당부했다. "무슨 일이 있어도 꼭 돌아와요. 우리는 언제나 당신을 기다리고 있을 거예요."

걸리버는 가족들을 향해 힘차게 손을 흔들며 배에 올랐다. 돛을 올리고 항구를 떠나는 순간, 그는 다시금 자유로움과 설렘을 느꼈다. 바람이 그의 얼굴을 스치며 그의 앞날을 축복하는 듯했다. 그는 다시 미지의 세계로 떠나는 것이 두렵지 않았다. 오히려 그곳에서 자신을 찾을 수 있을 것이라는 확신이 들었다.

제 3 화

폭풍 너머의 섬

걸리버는 여러 날 동안 평화로운 항해를 즐겼다. 바람은 순조로웠고, 바다는 그의 배를 부드럽게 안아주었다. 그러나 어느 날, 이 평온함은 끝을 맺고 말았다. 오후부터 하늘이 어둑해지기 시작했다. 구름이 점점 두터워지더니, 곧 거대한 폭풍우가 몰려왔다.

걸리버는 급히 돛을 낮추고 배를 안전하게 만들기 위해 분주히 움직였다. 파도는 점점 거세졌고, 바람은 그의 얼굴을 할퀴듯이 불어왔다. 그는 자신의 경험과 기술을 총동원하여 배를 조종했지만, 자연의 힘은 그의 예상을 훨씬 뛰어넘었다.

"제발, 버텨줘!" 걸리버는 배에 대고 외쳤다. 물보라가 그의 몸을 휘감았고, 바다의 포효는 그의 귀를 멍하게 만들었다. 밤은 점점 깊어졌고, 그는 끝없는 사투를 벌이며 시간의 흐름을 잊었다. 파도는 거대한 산처럼 그를 덮쳤고, 바람은 그의 목소리를 집어삼켰다.

한치 앞도 보이지 않는 암흑 속에서 걸리버는 자신이 어디로 가고 있는지조차 알 수 없었다.

그는 오직 본능적으로 배를 지키기 위해 몸부림쳤다. 시간이 얼마나 흘렀는지 모를 만큼, 그는 지치고 지쳤다. 그러나 포기할 수 없었다. 가족들과의 약속, 자신과의 약속을 지켜야 했다.

밤이 깊어갈수록 폭풍우는 더욱 거세졌다. 걸리버는 그야말로 죽음의 문턱에 서 있는 것 같았다. 그러나 그는 끝까지 버텨냈다. 새벽이 가까워지자, 폭풍우는 점점 잦아들기 시작했다. 하늘은 여전히 어두웠지만, 그의 몸과 마음에는 희미한 희망의 빛이 스며들었다.

마침내, 아침 햇살이 바다 위로 떠오르기 시작했다. 걸리버는 무거운 눈꺼풀을 간신히 들어올리며 주위를 둘러보았다. 바다는 다시금 고요해졌고, 하늘은 맑아졌다. 그는 깊은 숨을 내쉬며 하늘에 감사의 기도를 올렸다.

그때, 걸리버의 눈에 한 섬이 들어왔다. 폭풍우 속에서도 기적적으로 살아남은 그의 배는 그 섬을 향해 천천히 나아가고 있었다. 그는 눈을 비비며 그 섬을 다시 보았다. 확실히, 그것은 섬이었다. 숲이 우거진 해안선과 희미하게 보이는 산이 있었다.

걸리버는 즉시 그 섬에 내려야겠다고 결심했다. 그의 마음은 새로운 땅에 대한 호기심과 기대감으로 가득 찼다. 그는 배를 조종하여 섬 가까이로 다가갔다. 해안에 다다르자, 그는 배를 고정시키고 천천히 내려섰다. 발이 땅에 닿는 순간, 그는 깊은 안도의 한숨을 내쉬었다.

제 4 화

나마네 공화국

걸리버는 섬에 발을 딛고 깊은 숨을 들이마셨다. 고요한 풍경이 그를 반겨주고 있었다. 안개가 자욱하게 깔려 있어 섬의 전경은 더욱 신비롭고 이국적으로 보였다. 그는 안개 사이로 보이는 푸릇푸릇한 식물들과 나무들을 보며 가슴이 설레기 시작했다.

걸리버는 천천히 걸음을 옮기며 주변을 탐색했다. 그의 눈에 나무와 나무 사이를 연결한 현수막이 들어왔다. 그 현수막에는 "나마네 공화국에 오신 것을 환영합니다."라는 글귀가 쓰여 있었다. 걸리버는 그 문구를 몇 번이고 되뇌었다. "나마네… 나마네 공화국?" 그는 한 번도

들어본 적이 없는 이름에 호기심이 생겼다.

걸리버는 호기심을 안고 더욱 깊숙이 섬을 탐험하기로 했다. 그때 갑자기 사슴과 비슷한 동물이 안개 사이에서 튀어나왔다. 그는 그 동물을 자세히 보려 했지만, 동물의 얼굴을 본 순간 걸리버는 소스라치게 놀랐다. 그 사슴의 얼굴이 바로 그의 얼굴이었다. 걸리버는 자신의 눈을 믿을 수 없었다. 그 사슴은 그를 힐끗 보더니 금세 도망가 버렸다.

걸리버는 혼란스러워하며 주변을 둘러보았다. 그가 발아래를 보자, 수많은 개미들이 지나가고 있었다. 그러나 그 개미들 모두의 얼굴이 그의 얼굴이었다. 걸리버는 점점 더 혼란에 빠졌다. 그는 하늘을 올려다보았다. 하늘을 나는 새들도 모두 그의 얼굴을 하고 있었다. 그는 그 자리에서 굳어버렸다.

이 모든 것이 꿈인지 현실인지 알 수 없었다. 커다란 충격에 그의 머리 속은 두려움과 훈란에 휩싸였다. 순간 그의 정신이 아득해졌다.

꿈 속에서 걸리버는 안개 낀 길을 걷고 있었다. 그때, 어디선가 낯선 목소리가 들려왔다. "여기서 무엇을 하고 있습니까?" 걸리버는 그 목소리를 따라 고개를 돌렸다. 안개 사이에서 한 남자가 걸어나오고 있었다. 그 남자는 걸리버와 똑같은 얼굴을 하고 있었다. 걸리버는 경악하며 한걸음 물러섰다. "당신은 누구요? 이곳은 대체 무엇입니까?"

남자는 부드럽게 웃으며 대답했다. "여기는 나마네 공화국입니다. 그리고 저는 당신과 같은 걸리버입니다. 이

곳은 당신이 스스로를 만나기 위해 온 곳이죠."

걸리버는 그 말을 이해할 수 없었다. "내가 나를 만나기 위해 왔다고? 온 세상에 내 얼굴들이 가득해요. 이 모든 것이 어떻게 가능합니까?"

남자는 고개를 끄덕이며 말했다. "이 섬은 당신의 내면을 반영하는 곳입니다. 당신은 아직 자신을 완전히 이해하지 못했죠. 이곳에서 당신은 스스로의 진정한 모습을 찾게 될 것입니다."

걸리버는 여전히 혼란스러웠지만, 그 남자의 말에는 어떤 진실이 담겨 있는 듯했다. 그는 자신의 내면을 탐험하기 위해 이곳에 온 것일지도 모른다는 생각이 들었다. 그는 두려움을 떨쳐내고 남자를 따라가기로 결심했다.

걸리버는 그 순간, 정신이 들었다. 그는 여전히 현수막 아래 있었다.

'나마네 공화국에 오신 것을 환영합니다.'

그는 "나마네"라는 이름을 여러 번 읊조렸다. 마침내 그는 결심했다. 걸리버는 이 신비로운 섬에서 자신의 진정한 모습을 찾기 위한 여정을 시작하게 되었다.

제 5 화

첨단 기술과의 만남

걸리버는 섬의 내륙으로 깊이 들어갔다. 주변의 풍경은 점점 더 기묘해졌다. 나무들은 걸리버의 얼굴을 한 생명을 잔뜩 품고 있었다. 그들은 살아서 움직이고 있었다.

그는 이 여정이 어디로 향하는지, 그리고 그곳에서 어떤 일들이 그를 기다리고 있을지 궁금했다. 하지만 한 가지는 분명했다. 이 섬에서의 여정은 단순한 탐험이 아닌, 그의 내면 깊은 곳을 들여다보는 여행이었다.

걸리버는 걸음의 속도를 올리며 어딘가로 향하는 동안, 자신이 이곳에서 무엇을 발견하게 될지 기대와 두려움이 교차하는 마음을 가졌다.

얼마 후, 걸리버는 지하로 향하는 입구를 발견했다. 입구 위에는 '지하철'이라는 글씨가 새겨져 있었다. 그는 지하철이라는 글씨가 낯설었다. 이 곳에서 본인이 출발했던 곳보다 더 진보된 시설을 보게 될 줄은 꿈에도 몰랐다. 그는 주위를 둘러보았지만, 여전히 사람의 흔적은 보이지 않았다. 기이한 느낌이 들었지만, 걸리버는 호기심에 이끌려 그 안으로 들어갔다.

지하 시설은 깨끗하고 조용했다. 걸리버는 주변을 둘러보며 생각에 잠겼다. 이 섬은 그가 예상한 것보다 훨씬 더 복잡하고, 신비로운 비밀을 감추고 있었다.

갑작스레 안내 방송이 울려 퍼졌다. "지하철이 곧 도착합니다. 승강장으로 이동해 주시기 바랍니다." 걸리버는 그 소리에 놀라면서도 서둘러 여러 개의 에스컬레이터를 지나 승강장으로 내려갔다.

승강장은 텅 비어 있었고, 긴 통로 같은 공간에 스크린도어가 설치되어 있었다. 걸리버는 이곳의 발전된 과학 기술과 사회 시설에 놀라움을 감추지 못했다. 섬의 외부는 자연 그대로의 모습이었지만, 내부는 첨단 기술로 가득 차 있었다.

그때, 빠른 속도로 지하철이 도착하는 소리가 들렸다. 걸리버는 스크린도어 앞에서 기다렸다. 지하철이 도착하자, 스크린도어가 부드럽게 열렸다. 걸리버는 서둘러 지하철에 탑승했다.

제 6 화

지하철 안에서

텅 빈 승강장과는 달리, 지하철 안은 사람들로 가득
차 있었다. 그는 사람들이 각기 다른 패션을 하고 있는
것을 보고 놀랐다. 그들의 옷은 화려하고, 총천연색의 튀
는 색감으로 가득했다. 그는 마치 카니발에 온 듯한 기분
이 들었다.

그러나 이내 걸리버는 또 한 번 충격에 빠졌다. 지하철
안에 있는 모든 사람들의 얼굴이 자신과 똑같았던 것이
다. 그는 이 상황을 어떻게 받아들여야 할지 몰랐다. 거
울에 비친 듯한 얼굴들 사이에서 그는 자신이 누구인지,
어디에 있는지를 다시 한번 혼란스러워했다.

걸리버는 주변 사람들을 둘러보며 생각했다. "이곳은 도대체 무슨 곳이지? 왜 모두가 내 얼굴을 하고 있는 거지?"

걸리버 내면의 자아가 그에게 이야기하는 듯했다. "여기는 나마네 공화국이야. 그리고 저들 모두는 너의 일부이지. 너가 누구인지, 어떤 사람인지 알아가는 과정에서 저들이 존재하는 거야."

걸리버는 내면에서 들리는 듯한 그 말의 의미를 곱씹으며 혼란스러워했다. "내 일부라니? 이 모든 것이 어떻게 가능한 일이지?"

걸리버의 내면이 다시 그에게 말을 걸어왔다. "너는 지금 너 자신의 내면을 탐험하고 있는 거야. 저들은 너의 다양한 면모와 기억, 그리고 감정을 반영하는 존재들이지. 이곳에서 너는 자신을 더 깊이 이해할 수 있을 거야."

걸리버는 그 내면의 말을 듣고도 여전히 이해할 수 없었다. 지하철이 계속해서 어딘가를 향해 달리는 중에, 자신과 똑같은 얼굴을 한 사람들 사이에 서서, 걸리버는 혼란에 빠졌다.

제 7 화

똑같은 얼굴의 사람들

걸리버는 자신과 똑같은 얼굴을 한 사람들이 그를 바라보는 것을 느꼈다. 그들의 시선이 집중되자, 걸리버는 더욱 불안해졌다.

그가 놀라움을 감추지 못하고 당황한 표정을 짓자, 지하철 안의 사람들도 그의 표정을 똑같이 따라 하기 시작했다. 걸리버는 그들의 얼굴에서 자신이 느끼고 있는 혼란과 두려움을 보았다. 그들의 눈빛과 표정은 마치 거울에 비친 자신의 모습을 보는 것 같았다.

걸리버는 너무나도 당황했다. 그는 두려움에 떨며 속으로 생각했다. "이곳은 대체 무슨 곳이지? 어떻게 이럴 수 있는 거지?" 그의 마음 속에는 두려움과 호기심이 교차했다.

지하철은 여전히 빠른 속도로 달리고 있었고, 사람들은 여전히 그의 표정을 따라 하고 있었다. 걸리버는 자신이 이곳에서 어떻게 행동해야 할지 몰랐다. 그의 호흡이 가빠오기 시작했다.

제 8 화

지하철에서 도망치다

그 때 열차의 안내 멘트가 들려왔다."곧 다음 역에 도착합니다."

걸리버는 더 이상 이 지하철 안에 있을 수 없다고 느꼈다. 그는 지하철에서 내리기로 결심하고 서둘러 준비를 했다.

지하철이 역에 도착하자마자 걸리버는 도망치듯 내렸다. 지하철 안의 사람들은 그를 빤히 쳐다보며, 그의 겁내는 표정을 그대로 따라 하고 있었다. 스크린도어가 닫히고 지하철이 다시 출발하자, 걸리버는 조용한 승강장에 혼자 남게 되었다.

그는 한 벤치에 앉아 두려운 마음에 얼굴을 감싸고 생각에 잠겼다. 이곳에서의 경험은 너무도 낯설고, 그는 자신이 어디에 있는지, 왜 이런 일을 겪는지 도저히 이해할 수 없었다. 그의 마음은 혼란과 두려움으로 가득 차 있었다.

그때, 그의 앞에 한 사내가 나타났다. 그 사내 역시 걸리버의 얼굴을 하고 있었다. 걸리버는 놀라며 고개를 들었다. "도움이 필요하시죠?" 사내가 부드럽게 말을 걸었다.

도아조와의 만남

걸리버는 사내와 함께 조용한 승강장을 떠났다. 사내
는 자신을 도아조라고 소개하며, 걸리버에게 나마네 공
화국에 대해 설명하기 시작했다.

"저는 나마네의 공무원입니다," 도아조가 말했다. "나
마네를 처음 방문한 사람들에게 이곳을 설명하고 정착
을 돕는 역할을 맡고 있죠."

걸리버는 도아조의 말을 듣고 조금 안심이 되었다. 그
는 도아조가 안내해줄 이 여정이 자신에게 중요한 의미
가 있을 것임을 느꼈다. "도아조, 이곳은 대체 어떤 곳입
니까? 왜 모든 사람이 저와 같은 얼굴을 하고 있는 건가

요?"

도아조는 걸리버를 보며 미소를 지었다.

제 10 화
한 정치인 이야기

도아조는 걸리버를 데리고 나마네 공화국의 중심지로
향하면서, 이 특별한 나라가 어떻게 탄생했는지에 대한
이야기를 들려주기 시작했다.

"나마네 공화국도 처음에는 평범한 국가였어요," 도아
조가 설명했다. "그러나 몇 년 전, 범상치 않은 한 정치인
이 등장했죠. 그는 사회에 만연한 차별과 혐오를 막기 위
해 혁신적인 입법을 추진했어요."

걸리버는 도아조의 이야기에 귀를 기울였다.

"그 정치인은 특별한 AI기술과 광학기술을 이용해 모
든 사람들의 얼굴을 관찰자의 얼굴로 변경하는 법을 제

정했어요. 이 법이 시행된 이후, 나마네의 모든 사람들은 서로를 자신과 같은 얼굴로 보게 되었죠."

걸리버는 그 말에 놀라움을 감추지 못했다. "그래서 모든 사람이 저와 같은 얼굴을 하고 있는 거군요."

도아조는 미소를 지으며 대답했다. "이 법은 차별과 혐오를 없애기 위해 만들어졌습니다.

사람들이 서로를 자신과 같은 존재로 인식하게 되면서, 자연스럽게 차별과 혐오 범죄가 줄어들었어요. 모든 사람은 서로를 동등하게 대하기 시작했고, 이는 사회 전반에 긍정적인 변화를 가져왔죠."

걸리버는 도아조의 설명을 들으며 깊은 감명을 받았다.

도아조는 고개를 끄덕이며 말을 이었다 "나마네 사람들은 지금 만족하며 살고 있습니다. 이 정책 덕분에 사회는 더욱 평등하고, 사람들은 서로를 존중하게 되었어요. 외국에서도 이 정책에 찬성하는 사람들이 많이 이주해 오고 있는 상황입니다."

제 11 화

소인국 소년과의 만남

걸리버와 도아조는 나마네 공화국의 활기찬 시장으로 향했다. 시장은 다양한 물건과 음식을 파는 상인들로 북적였고, 거리에는 사람들의 웃음소리와 흥겨운 음악이 가득했다. 걸리버는 이곳의 활기찬 분위기에 매료되었다.

그들은 시장을 구경하며 다양한 가게들을 둘러보았다. 그러던 중, 걸리버는 거리 한쪽에서 공연을 하고 있는 소인국 사람을 발견했다. 그는 화려한 의상을 입고, 거리 극을 펼치며 사람들의 이목을 끌고 있었다. 걸리버는 그들을 보자마자 반가움에 미소를 지었다.

"도아조, 저기 저 소인국인을 좀 봐요! 제가 예전에 소인국를 여행한 적이 있어요." 걸리버는 도아조에게 말하며 소인국 사람을 가리켰다.

도아조는 걸리버의 말을 듣고 고개를 끄덕였다. "아, 릴리퍼트 말이군요. 나마네에는 릴리퍼트 사람들도 많이 이주해왔습니다. 이곳의 인구 분포는 원주민이 80%이고, 나머지 20%는 다양한 이방인들로 구성되어 있죠. 그리고 그 수는 계속 증가하고 있습니다."

걸리버는 도아조의 설명에 귀를 기울였다. 도아조는

미소를 지으며 말을 이었다. "이곳에는 소인국 릴리퍼트, 거인국 브로브딩낵, 공중 섬 라퓨타, 발니바르비, 글럽더럽드립, 그리고 후이늠족 사람들이 많이 이주해와 살고 있습니다. 이들은 모두 나마네의 평등과 화합의 이념에 동의하며 이곳에서 새로운 삶을 찾고 있습니다."

걸리버는 도아조의 말에 감명을 받았다. 나마네 공화국은 다양한 배경을 가진 사람들이 모여 사는 진정한 의미의 다문화 사회였다. 그는 이곳에서 사람들이 어떻게 서로를 이해하고 존중하며 살아가는지 더 알고 싶어졌다.

제 12 화

거인국 소녀와의 만남

　도아조는 걸리버에게 멀티플렉스에 가본 적이 있는지 물었다. 걸리버는 그 용어조차 생소했다. "멀티플렉스가 무엇인가요?" 그는 물었다.

　도아조는 웃으며 설명했다. "영화관, 먹거리, 그리고 사람 구경을 한꺼번에 할 수 있는 거대한 타워 같은 곳입니다. 나마네에서 가장 인기 있는 장소 중 하나죠."

　둘은 멀티플렉스로 향했다. 걸리버는 멀티플렉스 건물의 거대함에 감탄과 경외심을 느꼈다. 그는 도아조와 함께 거대한 출입문을 통해 들어갔다.

　멀티플렉스 내부는 정말로 활기찼다. 수많은 사람들

이 에스컬레이터와 엘리베이터, 여러 출입구로 쏟아져 들어오고 있었다. 모든 사람이 걸리버의 얼굴을 하고 있었지만, 그들은 모두 행복한 표정을 짓고 있었다.

걸리버는 그 풍경에 정신을 빼앗겨 있었다. 그런데 문득 옆을 돌아보니 도아조가 사라져 있었다. 당황한 그는

도아조를 연신 불렀다. "도아조! 도아조, 어디 있습니까?"

그때, 거인국 여자가 걸리버에게 다가왔다. 그녀는 걸리버를 내려다보며 부드럽게 말했다. "도아조를 찾고 계신가요? 제가 찾아드릴게요." 그녀는 큰 키를 이용해 주변을 둘러보더니, 도아조를 쉽게 찾아냈다.

다행히도 도아조 역시 근처에서 걸리버를 찾고 있었다. 둘은 다시 만날 수 있었다.

도아조는 나마네의 장점에 대해 이야기하기 시작했다. "나마네에서는 모든 사람이 같은 얼굴을 가지고 있기 때문에, 사람들은 서로에게 더 관심을 갖게 됩니다. 그래서 봉변을 당할 일이 거의 없어요." 걸리버는 지하철에서 자신의 표정을 따라하던 사람들 때문에 당황했던 감정을 이야기했다. "그때는 정말 혼란스러웠습니다."

거인국 여자는 끼어들며 말했다. "그건 타인을 본인과 같이 생각하기 때문이에요. 여기서는 나이는 들어도 얼굴이 같기 때문에, 사람을 차별화하는 것은 표정과 체형, 그리고 본인의 능력이죠. 그래서 이곳에서는 연극과 영화가 아주 인기가 많아요."

그녀는 옆에 있던 영화 포스터를 가리키며 설명했다. "이 배우는 마래조입니다. 목소리가 아주 뛰어나죠. 그리고 이 배우는 보이조, 표정 연기가 탁월해요."

걸리버는 포스터를 바라보며 그들의 열정을 느꼈다. "이곳 사람들은 정말 연극과 영화를 사랑하는군요."

장례식의 현장

멀티플렉스를 나와 길을 걷던 도아조와 걸리버는 멀리서 사람이 많이 모인 장소를 발견했다. 걸리버는 이곳이 축제 현장인지 궁금해하며 도아조에게 물었다. "저기 모인 사람들은 축제를 즐기고 있는 건가요?"

도아조는 고개를 저으며 대답했다. "아니요, 저곳은 장례식입니다."

걸리버는 의아해하며 도아조의 말을 되새겼다. "장례식이요? 이렇게 많은 사람들이 모여서 말이죠?"

둘은 군중 속으로 다가갔다. 커다란 전광판에는 후이늠족의 한 인물이 죽어가는 모습이 중계되고 있었다. 그

얼굴은 걸리버 자신의 얼굴이었다. 자신과 같은 얼굴을
한 후이늠족이 죽어가는 모습을 보며, 걸리버는 묘한 기
분에 사로잡혔다.

　많은 사람들이 전광판을 통해 그 모습을 지켜보고 있
었다. 일부는 넋이 빠진 듯 그 광경에 몰입해 있었고, 일
부는 그 모습을 흉내내며 죽어가는 표정을 따라 했다.
물론 그들 모두 걸리버의 얼굴을 하고 있었다.

　걸리버는 당황스러움을 감추지 못했다. "이게 어떻게
된 일인가요, 도아조? 왜 사람들이 죽어가는 모습을 이렇게 지켜보고 있는 거죠?"

도아조는 걸리버가 느끼는 혼란을 이해한 듯 친절하게 설명했다. "나마네에서는 사람이 죽을 때, 그 모습을 지켜보는 사람들은 본인이 죽는 표정을 관람하게 됩니다. 그래서 이 광경은 많은 사람들에게 인기가 많죠. 사람들은 자신의 죽음을 마주하며 삶의 소중함을 다시금 깨닫게 됩니다. 그래서 나마네의 장례식은 성대한 축제와 같이 행해지며, 매우 중요한 사회적 행사입니다."

걸리버는 여전히 혼란스러웠지만, 도아조의 설명을 들으며 조금씩 이해하기 시작했다.

제 14 화
어린 아이가 없는 풍경

장례식장을 지나 도아조와 걸리버는 거리를 계속 걸었다. 걸리버는 도시의 생생한 모습을 눈에 담으며 걷다가 문득 거리에서 아이들이 거의 보이지 않는다는 사실을 깨달았다.

"도아조," 걸리버가 물었다. "거리에 아이들이 별로 없는 것 같아요."

도아조는 고개를 끄덕이며 걸리버에게 설명했다. "나마네에서는 모든 사람의 얼굴이 같기 때문에 부모와 자식 간의 유대가 자연스럽게 형성되지 않는 경우가 많습니다. 이 때문에 나마네 정부는 아이들을 국가에서 공동으로 육아하고 있습니다."

도아조는 멀리 있는 한 건물을 가리켰다. "저기가 그 아이들이 자라고 배우는 '학교'입니다. 아이들은 이곳에서 교육과 생활을 함께하며 성장합니다."

걸리버는 도아조의 설명을 듣고 그 건물을 바라보았다. 학교는 현대적이고 깨끗한 건물로, 많은 아이들이 자유롭게 뛰어놀고 있었다. 걸리버는 이곳의 시스템이 자신에게는 매우 낯설게 느껴졌다.

도아조는 덧붙였다. "나마네에서는 부모와 자식 간의 유대보다는 공동체 전체와의 유대가 더 중요하게 여겨집니다. 모든 아이는 모든 사람의 아이이자, 모든 사람이 아이의 부모라는 생각이죠. 이렇게 함으로써 공동체의 모든 구성원이 서로를 돌보고 책임지는 문화를 형성합니다."

걸리버는 그 말에 깊은 인상을 받았다. "그렇군요. 이곳에서는 공동체가 가족과 같은 역할을 하는군요."

도아조는 미소 지으며 고개를 끄덕였다. "맞습니다. 나마네의 모든 구성원은 하나의 큰 가족처럼 서로를 돌보고 사랑합니다. 이곳에서 아이들은 다양한 사람들과의

상호작용을 통해 성장하고 배우며, 공동체의 일원으로서의 책임과 역할을 자연스럽게 익히게 됩니다."

걸리버는 이 새로운 사회 시스템에 대해 더 깊이 이해하게 되었다. 나마네의 아이들은 가족이 아닌 공동체 전체의 일원으로 자라나며, 이를 통해 자신과 타인에 대한 깊은 이해와 배려를 배운다. 그는 이곳에서 자신이 배울 점이 많다는 것을 깨달았다.

도아조와 걸리버는 계속해서 학교 주위를 돌아보았다. 아이들은 밝고 활기차게 지내고 있었으며, 서로를 도우며 즐겁게 놀고 있었다. 걸리버는 이곳의 아이들이 행복하게 자라는 모습을 보며 나마네의 독특한 문화와 철학에 점점 더 매료되었다.

걸리버는 앞으로의 여정에서 나마네의 다양한 면모를 더 깊이 탐구하기로 결심했다. 이곳에서의 경험은 그에게 새로운 시각과 깨달음을 제공할 것이며, 그는 그 속에서 자신을 찾기 위한 여정을 계속할 것이다.

제 15 화

선택의 순간

걸리버는 나마네 공화국의 독특하고 특별한 문화를 경험하면서 이곳에 더욱 매료되었다. 이곳에서의 생활을 조금 더 체험하고 싶다는 생각이 들었다. 도아조와 함께 길을 걷던 중, 그는 도아조에게 물었다. "도아조, 나마네에서 더 오래 머물러도 괜찮을까요?"

도아조는 걸리버의 질문에 미소를 지으며 대답했다. "물론입니다. 나마네는 속지주의를 채택하고 있습니다. 이곳에 들어온 이상, 원한다면 나마네의 국민이 될 수 있습니다."

걸리버는 그 말을 듣고 흥미로웠다.

　도아조는 걸음을 멈추고 진지하게 설명하기 시작했다. "단, 나마네에서는 이름이 단순히 태어날 때 주어지는 것이 아닙니다. 여기서는 사람들에게 많이 불리는 말이 곧 이름이 됩니다."

　걸리버는 그 말에 놀라움을 느꼈다. "이름이 불리는 말로 정해진다구요?"

　도아조는 고개를 끄덕였다. "네, 얼굴로 서로를 구분할 수 없기 때문에, 사람들은 주로 '용도'와 관련된 이름을 사용합니다. 예를 들어, 마래조는 '뛰어난 목소리를 가진 자'라는 뜻이고, 보이조는 '표정 연기가 탁월한 자'라는 뜻입니다. 이렇게 이름은 개인의 역할이나 특성을 반영하게 됩니다."

걸리버는 이 새로운 개념에 대해 생각했다. "그렇다면, 나마네로 이주한 사람들도 이전에 사용하던 이름 대신 새로운 이름을 가지게 되나요?"

도아조는 긍정적으로 고개를 끄덕였다. "맞습니다. 이곳으로 이주한 사람들도 이전의 이름을 버리고, 나마네의 문화에 맞춘 새로운 이름을 가지게 됩니다. 그리고 그 이름은 사람의 역할이나 특성이 변할 때마다 바뀔 수 있습니다."

걸리버는 이 새로운 사회 시스템에 대해 깊이 생각했다.

제 16 화

대통령이 된 자

걸리버는 도아조에게 이곳의 법을 만든 정치인에 대해 궁금증을 가졌다.

"도아조, 이 나라의 법을 만든 정치인에 대해 좀 더 알고 싶어요. 그가 어떤 사람인지 궁금합니다."

도아조는 걸리버의 질문에 미소를 지으며 대답했다. "현 대통령인 아리아조에 대해 이야기해드리죠."

걸리버는 도아조의 이야기에 귀를 기울였다. "아리아조 대통령은 나마네의 원주민 출신입니다. 나마네 공화국 선포 이전의 그의 이름은 알려져 있지 않습니다. 그러나 공화국의 시작과 함께 '아리아조'라는 이름으로 불리게 되었어요."

도아조는 잠시 멈추고, 걸리버의 반응을 살폈다. 걸리버는 호기심 가득한 눈빛으로 계속 듣고 있었다.

"아리아조라는 이름은 '조언을 해주는 자'라는 뜻을 가지고 있습니다.

그의 지도력과 지혜는 나마네를 하나로 묶고, 평등과

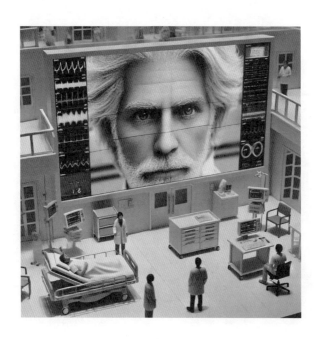

화합을 이끌어냈습니다. 그가 만든 법과 정책들은 이 나라를 지금의 모습으로 만들었죠."

걸리버는 도아조의 말을 듣고 깊은 인상을 받았다. "정말 대단한 인물이군요."

도아조는 설명을 이어갔다. "나마네에서 '조'라는 성은 공무원이 된 경우에만 부여될 수 있습니다. 이는 아리아조 대통령의 성에서 유래된 것으로, 공무원들이 그의 뜻을 이어받아 국민을 위해 봉사한다는 의미를 담고 있습니다. 그래서 공무원들은 모두 '조'라는 성을 가지고 있죠."

걸리버는 나마네의 독특한 시스템과 문화에 감탄했다. "그렇다면 공무원이 된다는 것은 큰 영광이겠군요."

도아조는 고개를 끄덕였다. "맞습니다. 공무원이 되는 것은 큰 책임이자 영광입니다. 아리아조 대통령의 뜻을 이어받아 국민을 위해 봉사하는 것이기 때문이죠."

걸리버는 아리아조 대통령의 이야기를 들으며 나마네의 정치 체제와 그 철학을 이해하게 되었다. 이 나라의 평등과 화합의 이념은 강력한 지도자의 비전과 지혜에서 비롯되었음을 깨달았다.

걸리버의 결심

걸리버는 도아조에게 자신의 새 이름을 짓는 것에 대해 도움을 청했다.

"도아조, 제 이름을 짓는 것을 도와주실 수 있나요? 추천해줄 이름이 있으신가요?" 걸리버는 간절한 눈빛으로 물었다.

도아조는 잠시 생각하더니 고개를 저었다. "걸리버, 나마네에서 이름은 주로 그 사람의 용도와 특성을 바탕으로 지어집니다. 이곳에 온 이방인들은 모두 당신과 비슷한 탐험심과 모험심을 특성으로 가지고 있습니다. 당장 당신이 가지고 있는 특징 중 이름을 붙여줄 정도로 특별한 것은 아직 없다고 생각합니다."

걸리버는 약간 실망한 표정을 지었다. "그러면, 저는 아직 이름을 가질 수 없는 건가요?"

도아조는 부드럽게 미소를 지으며 걸리버의 어깨를 다독였다. "지금으로서는 그렇습니다. 당신은 아직 이름이 없습니다. 하지만 걱정하지 마세요. 이름은 시간이 지나면서 자연스럽게 생기는 것입니다."

"그렇다면 제가 무엇을 해야 할까요?" 걸리버는 도아조에게 물었다.

도아조는 걸리버를 바라보며 조언을 해주었다. "당분간은 사람 많은 곳을 다니면서 사람들을 흉내내보는 것을 추천합니다. 나마네에서는 모방을 통해 자신에게 맞는 특성을 찾을 수 있습니다. 다른 사람들의 행동과 태도를 관찰하고, 당신에게 맞는 것을 찾아보세요. 그렇게 하면 당신만의 특성을 발견하게 될 것입니다."

걸리버는 도아조의 조언에 깊이 감사했다. "알겠습니다, 도아조. 당신의 조언대로 사람들을 관찰하고, 저만의 특성을 찾아보겠습니다."

도아조는 미소 지으며 고개를 끄덕였다. "좋습니다, 걸리버. 시간을 두고 자신을 탐구하고, 당신만의 이름을 찾으세요. 그것이 바로 나마네의 정신입니다."

진짜 얼굴

도아조의 이야기를 듣고 난 뒤, 걸리버는 주위를 둘러보았다. 그와 마찬가지로 이름이 없는 듯 보이는 사람들이 길을 걸으며 주변 사람들을 쳐다보고 있었다. 그들 중일부는 멈추어 서서 서로 말을 주고받았고, 일부는 그들을 힐끗힐끗 보며 말을 주고받는 모습과 그들의 표정을따라 하며 열심히 배우려는 모습이었다.

또 다른 이들은 걸리버를 바라보며 그의 표정과 자세를 따라하려고 애쓰고 있었다.

전체적인 사회의 모습은 다소 인위적인 느낌이 들었다.그러나 곧 걸리버는 자신을 쳐다보는 사람들 모두,

알고보면 본인의 얼굴을 바라보고 있을 것이며 자신 걸리버의 진짜 얼굴을 알 수는 없다는 생각이 들었다. 그리고, 이 생각에 안도감이 들었다.

걸리버는 얼굴을 한껏 찡그려 과장되게 웃어보였다. 진정한 자유를 느껴졌다.

"이제 나는 나마네의 일원이 되었다." 걸리버는 마음속으로 다짐했다. 그는 곧 이름을 갖겠다는 목표를 세우고, 나마네에서의 삶을 시작했다. 이곳에서 그는 자신만의 특성을 발견하고, 진정한 자신을 찾아가는 여정을 계속할 것이다.

걸리버는 진정한 정착지를 찾게 된 것이다.

Gulliver's Settlement

To the true settlement of my heart,

Table of Contents

GULLIVER'S DIARY

After years of long voyages, I have finally come to write this account. My name is Lemuel Gulliver. Once an ordinary sailor and physician, I am now known for four peculiar journeys and numerous adventures. This record is a brief recollection of those travels and serves as a key to understanding the confusion and anguish I have felt since returning home.

On my first voyage, I arrived in Lilliput, a land inhabited by people no taller than a finger. They saw me as a giant, and I succeeded in gaining their trust. However, in their world of politics and intrigue, I was unwittingly used as a colossal tool. Ultimately, I could not overcome their suspicions and fears, and I had to leave.

On my second voyage, I set foot in Brobdingnag, a land of giants. This time, I was the tiny one in the palm of their hands. They found me fascinating and treated me kindly, but to them, I was nothing more than a toy. My knowledge and experiences held no value there, and my time among them was marked by a humbling realization of my own powerlessness.

The third journey led me to Laputa, a floating island. Its inhabitants were obsessed with science and philosophy, yet indifferent to the realities of life. While their knowledge and inventions were astonishing, they amounted to little more than futile aspirations devoid of practicality. Recognizing the gap between them and myself, I saw no reason to stay any longer.

Finally, I arrived in the land of the Houyhnhnms.

Here, intelligent horses were the rulers, while creatures resembling humans, called Yahoos, were seen as primitive and degenerate. The rational and moral lives of the Houyhnhnms deeply impressed me. Yet, as a human, I could not fully integrate with them, and in the end, I had to leave.

Through all these journeys, I gained new insights into human nature, power, knowledge, and morality. However, such realizations have made me not wiser but lonelier. The homeland I returned to was no longer the place I had left, and even I was no longer the person I once was.

Chapter 1

A Strange Homecoming

Gulliver finally returned home after a long and strange journey. Having gone through numerous adventures, he felt a world different from the one he left behind. His hometown, now foreign and awkward, made him feel like an outsider.

Though his family welcomed him warmly and took great care of him, Gulliver found their attention uncomfortable. He could no longer blend naturally into their daily lives. The time spent in Lilliput, Brobdingnag, Laputa, and the land of the Houyhnhnms had completely changed his thinking and perspective.

From the first day of Gulliver's return, his wife Mary noticed he was not the same man he used to be. He was no longer the warm and friendly husband. Life at home felt uncomfortable and awkward for him. He still felt like a wanderer in those distant lands.

"You should go out and socialize now. Meet friends, reconnect with old colleagues," Mary gently suggested, hoping Gulliver would return to his former routine.

But Gulliver shook his head firmly and replied, "Leave me be." He had no courage to mingle with people again. Having deeply experienced human vanity, foolishness, and cruelty, the mere thought of rejoining them made him breathless.

His son Thomas and daughter Betty were also perplexed by their father's changed demeanor. Before his travels, he always spent time with his family, laughing and chatting, but now he often spent time alone in a corner of the house.

One day, Gulliver sat in a corner of the garden, flipping through his travel journal. It detailed all the experiences he had gone through. He sighed as he read it. The real world felt bleak and meaningless.

His family could only watch him with pity. They desperately hoped he would find himself again. However, Gulliver knew that everything he experienced would never be erased. He was no longer just a traveler. He was someone who had experienced many worlds, someone who had realized many truths.

Time passed, but Gulliver's heart still wandered between his homeland and the places he had traveled. He constantly agonized over finding a true sense of belonging and something that would understand him. Whether he would return to people or remain trapped in his own world, no one could tell.

Amidst the love and concern of his family, Gulliver had to find his own path. But that path

was extremely difficult and lonely. His journey to find his unique truth, one that could never be understood through the world's eyes, continued.

Chapter 2

A New Voyage

Gulliver decided once again to embark on a journey to escape the reality surrounding him. The insights he gained from his previous adventures had matured him, but they also made it more difficult to adapt to everyday life. Deep within, a voice longed for another exploration.

He stared intently at the old navigation map hanging on the wall of his room. Familiar continents and islands brushed past his sight, but the place he sought was an unknown land not on the map. He recalled a story he once heard about a serene island where people with the wealth of the world went on a pilgrimage. He decided to venture into this world he had yet to experience. He believed that there, he would find himself once more and sort out his current confusion.

"Are you planning to leave again?" Mary asked cautiously, noticing Gulliver's resolve. Her eyes were filled with worry and sadness.

Gulliver nodded, looking at his wife. "Yes, Mary.

I have not yet found my place. When this journey is over, I will truly return."

Mary did not try to stop him any longer. She could not understand Gulliver's heart, but she knew he had to find his own path. Instead, she prayed fervently for his safe return.

Gulliver immediately set about his preparations. He headed to the nearest port to find a ship to take him. After several days of inquiry, he found a sturdy and reliable small sailboat. The name of the boat was "Adventurer." The name excited him. He loaded the necessary food and supplies and meticulously checked the tools needed for the voyage.

On the day of departure, the family came to the port to see Gulliver off. The children were saddened by their father's departure, but they hoped for his return. Mary gave him a tight hug and made a final plea. "Whatever happens, make sure you come back. We will always be waiting for you."

Gulliver waved vigorously at his family and boarded the ship. As he raised the sails and left the port, he felt a renewed sense of freedom and excitement. The wind brushed his face, seeming to bless his journey ahead. He was not afraid of venturing into the unknown again. Rather, he was confident that he would find himself there.

Chapter 3

The Island Beyond the Storm

Gulliver enjoyed several days of peaceful sailing. The wind was favorable, and the sea cradled his ship gently. However, one day, this tranquility came to an end. By the afternoon, the sky began to darken. The clouds thickened, and soon, a massive storm approached.

Gulliver quickly lowered the sails and moved frantically to secure the ship. The waves grew stronger, and the wind whipped against his face. He used all his experience and skills to steer the ship, but the forces of nature far exceeded his expectations.

"Please, hold on!" Gulliver shouted at the ship. The spray of the sea enveloped him, and the roar of the ocean deafened him. The night grew deeper, and he lost track of time as he battled incessantly. The waves crashed over him like massive mountains, and the wind swallowed his voice.

In the pitch-black darkness, Gulliver could not tell where he was headed. He struggled instinctively to protect the ship. Exhausted to the point of losing sense of time, he could not give up. He had to keep his promises to his family and to himself.

As the night wore on, the storm grew fiercer. Gulliver felt as if he was standing at death's door. Yet he endured to the end. As dawn approached, the storm began to subside. Though the sky remained dark, a faint glimmer of hope seeped into his body and mind.

Finally, the morning sun started to rise over the sea. Gulliver, barely lifting his heavy eyelids, looked around. The sea had calmed, and the sky cleared.

He took a deep breath and offered a prayer of thanks to the heavens.

At that moment, Gulliver spotted an island. Miraculously surviving the storm, his ship was slowly drifting towards it. He rubbed his eyes and looked again. It was indeed an island, with a forested shoreline and faintly visible mountains.

Gulliver immediately decided to land on the island. His heart was filled with curiosity and anticipation for this new land. He steered the ship closer to the island. Upon reaching the shore, he secured the ship and slowly disembarked. The moment his feet touched the ground, he let out a deep sigh of relief.

Chapter 4

THE REPUBLIC OF NAMANER

Gulliver stepped onto the island and took a deep breath. The tranquil landscape welcomed him. Shrouded in mist, the island's scenery appeared even more mysterious and exotic. His heart began to race as he saw the lush plants and trees peeking through the fog.

Slowly, Gulliver began to explore his surroundings. He soon noticed a banner strung between two trees. The banner read, "Welcome to the Republic of Namaner." Gulliver repeated the phrase several times. "Namaner⋯ the Republic of Namaner?" His curiosity piqued by this unfamiliar name.

Driven by curiosity, Gulliver decided to delve deeper into the island. Suddenly, a deer-like animal emerged from the fog. He tried to get a better look at it, but when he saw the animal's face, Gulliver was stunned. The deer's face was his own. Gulliver couldn't believe his eyes. The deer glanced at him before quickly fleeing.

Confused, Gulliver looked around. He saw a multitude of ants passing by his feet, and every single one of them had his face. Gulliver felt increasingly bewildered. He looked up at the sky and saw that the birds flying above also had his face. He stood frozen in place.

He could not tell if all this was a dream or reality. The shock overwhelmed his mind with fear and confusion. For a moment, his mind went blank.

In a dream, Gulliver walked down a foggy path. Then, he heard an unfamiliar voice from somewhere. "What are you doing here?"

Gulliver turned towards the voice. A man walked out of the mist, bearing Gulliver's exact likeness. Gulliver recoiled in shock. "Who are you? What is this place?"

The man smiled gently and replied, "This is the Republic of Namaner. And I am Gulliver, just like you. This place is where you have come to meet yourself."

Gulliver couldn't comprehend his words. "I've come to meet myself? The whole world is filled with

my faces. How is this possible?"

The man nodded and said, "This island reflects your inner self. You have yet to fully understand yourself. Here, you will discover your true self."

Though still confused, Gulliver sensed a truth in the man's words. He began to think that perhaps he had come to this place to explore his inner self. He decided to cast aside his fear and follow the man.

At that moment, Gulliver regained his senses. He was still standing under the banner.

"Welcome to the Republic of Namaner."

He murmured the name "Namaner" several times. Finally, he made up his mind. Gulliver decided to embark on a journey in this mysterious island to find his true self.

ENCOUNTER WITH ADVANCED TECHNOLOGY

Gulliver ventured deep into the island's interior. The surrounding landscape grew increasingly bizarre. The trees were teeming with life, all bearing Gulliver's face. They were alive and moving.

He wondered where this journey was leading and what awaited him there. But one thing was clear: this journey on the island was not just an exploration; it was a voyage into the depths of his inner self.

As Gulliver quickened his pace, heading somewhere unknown, he felt a mix of anticipation and fear about what he might discover here.

After a while, Gulliver discovered an entrance leading underground. Above the entrance was the word "Subway." He was unfamiliar with the term. Never had he imagined encountering such advanced facilities compared to where he had come from. He looked around, still seeing no trace of people. Feeling a strange sense of unease, Gulliver was driven by curiosity and stepped inside.

The underground facility was clean and quiet. Gulliver looked around, deep in thought. This island was far more complex and held more mysterious secrets than he had anticipated. Suddenly, an announcement echoed through the space. "The subway will arrive shortly. Please proceed to the platform." Startled by the announcement, Gulliver hurried down several escalators to the platform.

The platform was empty, with screen doors installed along the long corridor-like space. Gulliver was amazed by the advanced science and social facilities here. The island's exterior retained its natural appearance, but its interior was filled with cutting-edge technology.

Then, the sound of the subway arriving at high speed reached his ears. Gulliver waited in front of the screen doors. As the subway arrived, the screen doors smoothly opened. Gulliver quickly boarded the subway.

Chapter 6

INSIDE THE SUBWAY

Unlike the empty platform, the inside of the subway was crowded with people. Gulliver was astonished by the variety of fashions the people wore. Their clothes were colorful and vibrant, giving the impression of a carnival.

But soon, Gulliver was struck by another shock. All the people inside the subway had the same face as his. He didn't know how to process this situation. Surrounded by faces like his own reflected in a mirror, he felt a renewed sense of confusion about who he was and where he was.

Gulliver looked around at the people and thought,

"What kind of place is this? Why does everyone have my face?"

It was as if his inner self spoke to him. "This is the Republic of Namaner. All of them are parts of you. They exist as you discover who you are and what kind of person you are."

Gulliver pondered the meaning of these words, seemingly spoken from within. "Parts of me? How is all this possible?"

His inner voice spoke again. "You are exploring

your inner self. They reflect your various aspects, memories, and emotions. Here, you can understand yourself more deeply."

Even after hearing his inner voice, Gulliver remained confused. As the subway continued to race towards an unknown destination, standing among people who all had his face, Gulliver was overwhelmed by bewilderment.

Chapter 7

THE PEOPLE WITH THE SAME FACE

Gulliver felt the stares of people who had the same face as his. As their gazes focused on him, Gulliver grew increasingly uneasy.

When he couldn't hide his amazement and wore a bewildered expression, the people in the subway started mimicking his expression. In their faces, Gulliver saw the same confusion and fear he felt. Their eyes and expressions were like looking into a mirror.

Gulliver was utterly bewildered. Trembling with fear, he thought to himself, "What kind of place is this? How is this possible?" Inside, he felt a mix of fear and curiosity.

The subway continued to speed along, and the people kept mimicking his expressions. Gulliver didn't know how to act in this place. His breathing began to quicken.

Chapter 8

Escape from the Subway

At that moment, the train's announcement was heard: "We will soon arrive at the next station."

Gulliver felt he could no longer stay on this subway. He decided to get off and hurriedly prepared himself.

As soon as the subway arrived at the station, Gulliver hastily got off as if fleeing. The people in the subway stared at him, mimicking his fearful expression. Once the screen doors closed and the subway departed, Gulliver was left alone on the quiet platform.

He sat on a bench, covering his face with his

hands in fear, and fell into deep thought. The experiences here were so unfamiliar that he couldn't comprehend where he was or why he was going through this. His mind was filled with confusion and fear.

Then, a man appeared before him. The man also had Gulliver's face. Gulliver looked up in surprise. "Do you need help?" the man asked gently.

Chapter 9

Meeting Door Joe

Gulliver left the quiet platform with the man. The man introduced himself as Door Joe and began to explain the Republic of Namaner to Gulliver.

"I am an official of Namaner," Door Joe said. "My role is to explain this place to first-time visitors and help them settle in."

Gulliver felt somewhat reassured by Door Joe's words. He sensed that this journey with Door Joe as his guide would be significant for him. "Door Joe, what kind of place is this? Why does everyone have the same face as mine?"

Door Joe smiled at Gulliver.

THE STORY OF A POLITICIAN

As Door Joe led Gulliver towards the heart of the Republic of Namaner, he began to tell the story of how this unique nation was born.

"Namaner Republic was once an ordinary country," Door Joe explained. "But a few years ago, an extraordinary politician emerged. He pushed for innovative legislation to combat the widespread discrimination and hatred in society."

Gulliver listened intently to Door Joe's story.

"This politician enacted a law using special AI and optical technologies to change everyone's face to that of the observer. Since this law was implemented, everyone in Namaner sees others with their own face."

Gulliver couldn't hide his astonishment. "So that's why everyone has my face."

Door Joe smiled and replied, "This law was created to eliminate discrimination and hatred. As people began to see each other as themselves, incidents of discrimination and hate crimes naturally decreased. Everyone started treating each other equally, bringing about positive changes throughout society."

Gulliver was deeply moved by Door Joe's explanation.

Door Joe nodded and continued, "People in Namaner are now living contentedly. Thanks to this policy, society is more equal, and people have come to respect one another. Many from other countries, who support this policy, are also migrating here."

Chapter 11

MEETING THE LILLIPUTIAN

Gulliver and Door Joe headed towards the lively market of the Republic of Namaner. The market was bustling with vendors selling various goods and foods, and the streets were filled with laughter and cheerful music. Gulliver was captivated by the vibrant atmosphere.

As they explored the market, they looked around various shops. Suddenly, Gulliver noticed a Lilliputian performing on one side of the street. Dressed in colorful costumes, the Lilliputian was putting on a street play, drawing the attention of passersby. Gulliver smiled warmly as soon as he saw them.

"Door Joe, look at that Lilliputian over there! I once traveled to Lilliput," Gulliver said, pointing to the Lilliputian.

Door Joe nodded at Gulliver's words. "Ah, the Lilliputians. Many Lilliputians have migrated to Namaner. The population here is 80% native, with the remaining 20% comprising various foreigners. And that number is continually increasing."

Gulliver listened attentively to Door Joe's explanation.

With a smile, Door Joe continued, "Here, many

people from Lilliput, Brobdingnag, Laputa, Balnibarbi, Glubbdubdrib, Japan, and the Houyhnhnms have settled. They all agree with Namaner's ideals of equality and harmony and have come here seeking a new life."

Gulliver was impressed by Door Joe's words. The Republic of Namaner was a truly multicultural society where people from various backgrounds lived together. He wanted to learn more about how people in this place understood and respected each other.

MEETING THE BROBDINGNAGIAN

Door Joe asked Gulliver if he had ever been to a multiplex. The term was unfamiliar to Gulliver. "What is a multiplex?" he asked.

Door Joe laughed and explained, "It's a massive tower-like place where you can watch movies, enjoy food, and people-watch all at once. It's one of the most popular spots in Namaner."

The two headed towards the multiplex. Gulliver felt awe and admiration at the size of the building. He entered through the grand entrance with Door Joe.

Inside, the multiplex was truly bustling. Countless people were pouring in through escalators, elevators, and various entrances. Although everyone had Gulliver's face, they all wore happy expressions.

Gulliver was mesmerized by the scene. Suddenly, he noticed that Door Joe had disappeared. Panicked, he kept calling out for him. "Door Joe! Door Joe, where are you?"

At that moment, a Brobdingnagian woman approached Gulliver. She looked down at him and spoke gently, "Are you looking for Door Joe? I'll help you find him." Using her height, she quickly scanned the area and easily spotted Door Joe.

Fortunately, Door Joe was also nearby, looking for Gulliver. They were soon reunited.

Door Joe began to talk about the benefits of Namaner. "In Namaner, since everyone has the same face, people pay more attention to each other. This greatly reduces the chances of any mishap."

Gulliver shared his bewildering experience of people mimicking his expression on the subway. "It was really confusing at the time."

The Brobdingnagian woman interjected, "That's because people here think of others as themselves. Since everyone has the same face even as they age, people are distinguished by their expressions, body shapes, and abilities. That's why theater and movies are extremely popular here."

She pointed to a nearby movie poster and explained, "This actor is Murray Joe. His voice is outstanding. And this actor is Voy Joe, known for his exceptional facial expressions."

Gulliver looked at the posters and felt their enthusiasm. "The people here really do love theater and movies."

Chapter 13

The Funeral Scene

As Door Joe and Gulliver left the multiplex and walked down the street, they noticed a large crowd gathered in the distance. Curious, Gulliver asked Door Joe, "Are those people celebrating a festival?"

Door Joe shook his head and replied, "No, that's a funeral."

Gulliver repeated Door Joe's words in surprise, "A funeral? With so many people gathered?"

They approached the crowd. A large screen displayed the dying moments of a Houyhnhnm figure, and the face was identical to Gulliver's. Watching a Houyhnhnm with his own face dying

gave Gulliver an eerie feeling.

Many people were intently watching the scene on the screen. Some were engrossed, seemingly lost in the sight, while others mimicked the dying expressions. Of course, all of them had Gulliver's face.

Gulliver couldn't hide his bewilderment. "What's going on, Door Joe? Why are people watching someone die like this?"

Understanding Gulliver's confusion, Door Joe

kindly explained, "In Namaner, when someone dies, those watching see their own dying expressions. This spectacle is very popular because it allows people to confront their own mortality and appreciate the value of life. Therefore, funerals in Namaner are grand, festive events and are very important social gatherings."

Though still confused, Gulliver began to understand a bit more as he listened to Door Joe's explanation.

A Scene Without Children

After passing the funeral, Door Joe and Gulliver continued walking down the street. Gulliver took in the vibrant sights of the city and suddenly realized there were hardly any children around.

"Door Joe," Gulliver asked, "it seems like there are very few children on the streets."

Door Joe nodded and explained, "In Namaner, since everyone has the same face, the natural bond between parents and children often doesn't form. Therefore, the Namaner government collectively raises children."

Door Joe pointed to a building in the distance.

"That is where the children grow up and learn. It's called a 'school.' The children are educated and live there together."

Gulliver looked at the building Door Joe pointed out. It was a modern, clean building with many children playing freely. The system felt very foreign to Gulliver.

Door Joe added, "In Namaner, the bond between the community as a whole is considered more important than the bond between parents and children. Every child is seen as everyone's child, and everyone is seen as the child's parent. This creates a culture where all members of the community take care of and are responsible for each other."

Gulliver was deeply impressed by this. "I see. Here, the community takes on the role of the family."

Door Joe smiled and nodded. "That's right. All members of Namaner care for and love each other like one big family. Here, children grow and learn through interactions with various people and

naturally acquire the responsibilities and roles of being part of the community."

Gulliver gained a deeper understanding of this new social system. The children of Namaner grow up as members of the entire community, learning profound understanding and consideration for themselves and others. He realized there was much for him to learn from this place.

Door Joe and Gulliver continued to explore around the school. The children were bright and lively, helping each other and playing joyfully. Watching the children grow happily, Gulliver became increasingly fascinated by Namaner's unique culture and philosophy.

Gulliver decided to delve deeper into the various aspects of Namaner on his ongoing journey. The experiences here would offer him new perspectives and insights, and he would continue his journey to find himself within them.

Chapter 15

THE MOMENT OF CHOICE

As Gulliver experienced the unique and special culture of the Republic of Namaner, he became increasingly fascinated by it. He felt a desire to experience life here a little longer. Walking down the street with Door Joe, he asked, "Door Joe, is it okay if I stay in Namaner for a longer time?"

Door Joe smiled at Gulliver's question and replied, "Of course. Namaner adopts the principle of jus soli. As long as you enter this place, you can become a citizen of Namaner if you wish."

Gulliver found this intriguing.

Door Joe stopped walking and began to explain

seriously, "However, in Namaner, a name is not something given at birth. Here, what people call you often becomes your name."

Gulliver was surprised by this. "You mean names are determined by what people call you?"

Door Joe nodded. "Yes, since people cannot distinguish each other by face, they usually use names related to one's 'function.' For example, 'Murray Joe' means 'one with an outstanding voice,' and 'Voy Joe' means 'one with exceptional facial expressions.' In this way, names reflect an individual's role or characteristics."

Gulliver thought about this new concept. "So, do people who migrate to Namaner also adopt new names instead of the ones they used before?"

Door Joe nodded affirmatively. "That's right. People who migrate here abandon their previous names and adopt new names that fit the culture of Namaner. These names can change as a person's role or characteristics evolve."

Gulliver pondered deeply about this new social system.

Chapter 16

THE ONE WHO BECAME PRESIDENT

Gulliver became curious about the politician who created the laws of this place.

"Door Joe, I want to know more about the politician who made the laws of this country. What kind of person is he?"

Door Joe smiled at Gulliver's question and replied, "Let me tell you about our current president, Aria Joe."

Gulliver listened attentively to Door Joe's story. "President Aria Joe is a native of Namaner. His name before the proclamation of the Republic of Namaner is unknown. However, with the start of the Republic, he came to be known as 'Aria Joe.'"

Door Joe paused and observed Gulliver's reaction. Gulliver continued to listen with curious eyes.

"The name 'Aria Joe' means 'one who gives counsel.' His leadership and wisdom have united Namaner, fostering equality and harmony. The laws and policies he created have shaped this country into what it is today."

Gulliver was deeply impressed by Door Joe's

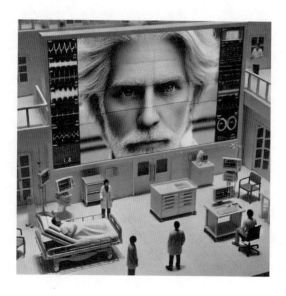

words. "He truly is an extraordinary person."

Door Joe continued, "In Namaner, the surname 'Joe' can only be given to those who become public officials.

This tradition originates from President Aria Joe's surname, signifying that officials carry on his legacy by serving the people. Therefore, all public officials have the surname 'Joe.'"

Gulliver admired the unique system and culture of Namaner. "So, becoming a public official is a great honor."

Door Joe nodded. "That's right. Becoming a public official is a great responsibility and honor. It means continuing President Aria Joe's legacy of serving the people."

As Gulliver listened to the story of President Aria Joe, he began to understand Namaner's political system and philosophy. He realized that the country's ideals of equality and harmony stemmed from the vision and wisdom of a strong leader.

Chapter 17

GULLIVER'S DECISION

Gulliver asked Door Joe for help in choosing his new name.

"Door Joe, can you help me choose my name? Do you have any suggestions?" Gulliver asked with earnest eyes.

Door Joe thought for a moment and then shook his head. "Gulliver, in Namaner, names are usually based on a person's purpose and characteristics. All the foreigners who come here have traits of curiosity and adventurous spirit similar to yours. At the moment, I don't think you have any distinctive traits that warrant a name."

Gulliver looked slightly disappointed. "So, I can't have a name yet?"

Door Joe gently patted Gulliver's shoulder with a soft smile. "For now, yes. You don't have a name yet. But don't worry. A name will come naturally over time."

"Then what should I do?" Gulliver asked Door Joe.

Door Joe looked at Gulliver and offered advice. "For now, I recommend going to crowded places and imitating people. In Namaner, you can find traits that suit you through imitation. Observe other people's actions and attitudes, and find what suits you. By doing so, you will discover your unique characteristics."

Gulliver deeply appreciated Door Joe's advice. "Thank you, Door Joe. I will observe people and find my unique traits as you suggested."

Door Joe smiled and nodded. "Good, Gulliver. Take your time to explore yourself and find your name. That is the spirit of Namaner."

TRUE FACE

After listening to Door Joe's story, Gulliver looked around. People who, like him, seemed to have no names were walking the streets, observing those around them. Some of them stopped to chat with each other, while others watched and imitated the expressions and actions of those talking.

Others were watching Gulliver, trying to mimic his expressions and posture.

The overall atmosphere of the society felt somewhat artificial. However, Gulliver soon realized that everyone looking at him was, in fact, looking at a reflection of their own faces and could not know his true face. This thought brought him comfort.

Gulliver exaggeratedly scrunched his face and smiled broadly. He felt a sense of true freedom.

"Now I am a member of Namaner," Gulliver vowed to himself. He set a goal to soon have a name and began his life in Namaner. Here, he would discover his unique traits and continue his journey to find his true self.

Gulliver had found his true place of belonging.

인스타그램 : https://www.instagram.com/mihiplacessemper

작가 공식 사이트 : https://woongwonne.com

이메일 : info@nayite.com

* 책을 구입하신 후 저자 인스타그램을 팔로우하고 DM을
   보내주시면, 작품의 한정판 시네마틱 영상을 제공해드립니다.

연극 나라의 앨리스

Alice's Adventures in Theatreland

이상한 나라와 거울 나라를 지나 이번엔 연극 나라로 떠난다. 앨리스
는 연극 나라에 갇힌 채 원래의 세상으로 돌아가기 위해 연극의 일부
가 되어야 한다. 연극을 성공적으로 끝마치는 것만이 유일한 탈출구
이다. 현실과 환상이 교차하는 무대 위, 앨리스와 함께 숨 가쁜 모험
의 막이 오른다.

잭과 콩뿌리

Jack and the Beanroot

하늘로 뻗은 콩나무를 베어낸 잭은 이제 거대한 콩나무의 뿌리 속으
로 모험을 떠난다. 지하 세계 깊숙이 숨겨진 보석을 발견하고, 몰락이
라는 이름의 괴물에 대항하며 새로운 희망을 찾아 나선다. 모험과 전
투, 그리고 성장의 이야기가 지금 시작된다.

걸리버 정착기

Gulliver's Settlement

끝없는 모험을 마치고 고향으로 돌아온 걸리버. 하지만 익숙한 풍경 속에서도 그는 마음의 안식을 찾을 수 없다. 진정한 정착을 향한 그의 새로운 여정이 시작된다. 자신의 내면과 세상을 탐구하며 걸리버는 그만의 정착지를 찾고자 한다.

지킬 박사와 파라다이스 씨

Serendipitious Case of Dr Jekyll and Sir Pharadise

모두가 자살로 알았던 지킬 박사의 최후, 그러나 지킬 박사와 하이드는 최후의 실험을 준비했다. 두 인격을 두 인체로 분리시키는 실험. 하지만 예상치못하게 인체는 세 가지로 나누어져버리고, 선한 인격 파라다이스가 탄생한다.

걸리버정착기
(걸리버여행기에서 이어지는 이야기)

초판발행일 2025년 3월 10일
지은이   미히
펴낸이   배수현
디자인   김미혜
펴낸곳   가나북스 www.gnbooks.co.kr
출판등록   제393-2009-000012호
전화   031-959-8833
팩스   031-959-8834

ISBN 979-11-6446-120-2(03800)